清・蒲松齡著

聊齋志異

十二册

黃山書社

聊齋志異卷十二

淄川　蒲松齡　留仙　著
新城　王士正　貽上　評

司文郎

平陽王平子赴試北闈賃居報國寺寺中有餘杭生先在王以比屋投刺焉生不之荅朝夕遇之多無狀王怒其狂悖交往遂絕一日有少年游寺中白服裙帽望之傀然近與接談言語諧妙心愛敬之展問邦族云登州宋姓因命蒼頭設座相對噱談餘杭生適過共起遜坐

生居然上坐更不撝挹卒然問宋爾亦入闈者耶荅云非也駑駘之才無志騰驤久矣又問何省宋告之生曰竟不進取足知高明山左右並無一字通者宋曰北人固少通者然不通者未必是小生南人固多通者然通者亦未必是足下言已鼓掌王和之因而鬨堂生慚忿軒眉攘腕而大言曰敢當前命題一校文藝乎宋他顧而哂曰有何不敢便趨寓所出經授王王隨手一翻指曰闕黨童子將命生起求筆札宋曳之曰口占可也我破已成於賓客往來之地而見一無所知之人焉王捧

腹大笑生怒曰全不能文徒事謾罵何以爲人王力爲
排難請另命佳題又翻曰殷有三仁焉宋立應曰三子
者不同道其趨一也夫一者何也曰仁也君子亦仁而
已矣何必同生遂不作起曰其爲人也小有才遂去王
以此益重宋邀入寓室欵言移晷盡出所作質宋宋流
覽絕疾踰刻已盡百首曰君亦沉深於此道者然命筆
時無求必得之念而尚有冀倖得之心卽此已落下乘
遂取閱過者一一詮說王大悅師事之使庖人以蔗糖
作水角宋啗而甘之曰生平未解此味煩異日更一作

也由此相得甚懽宋三五日輒一至王必爲之設水角
焉餘杭生時一遇之雖不甚傾談而傲睨之氣頓減一
日以窗藝示宋宋見諸友圈贊已濃目一過推置案頭
不作一語生疑其未閱復請之荅已覽竟生又疑其不
解宋曰有何難解但不佳耳生曰一覽丹黄何知不佳
宋便誦其文如夙讀者且誦且訾生跼蹐汗流不言而
去移時宋去生入堅請王作王拒之生强搜得見文多
圈點笑云此大似水角子王故樸訥靦然而已次日宋
至王具以告宋怒曰我謂南人不復反矣傖楚何敢乃

爾必當有以報之王力陳輕薄之戒以規之宋深感佩旣而場後以文示宋宋頗相許偶與涉歷殿閣見一瞽僧坐廊下設藥賣醫宋訝曰此奇人也最能知文不可不一請教因命歸寓取文遇餘杭生遂與俱來王呼師而參之僧疑其問醫者便詰症候王具白請教之意僧笑曰是誰多口無目何以論文王請以耳代目僧曰三作兩千餘言誰耐久聽不如焚之我視以鼻可也王從之每焚一作僧嗅而頷之曰君初法大家雖未逼真亦近似矣我適受之以脾問可中否曰亦中得餘杭生未

深信先以古大家文燒試之僧再嗅曰妙哉此文我心受之矣非歸胡何解辦此生大駭始焚已作僧曰適領一藝未窺全豹何忽另易一人來也生托言朋友之作止彼一首此乃小生作也僧嗅其餘灰咳逆數聲曰勿再投矣格格而不能下強受之以鬲再焚則作惡矣生慚而退數日榜放生竟領薦王下第宋與王走告僧僧歎曰僕雖盲於目而不盲於鼻簾中人並鼻盲矣俄餘杭生至意氣發舒曰盲和尚汝亦啖人水角耶今竟何如僧笑曰我所論者文耳不謀與君論命君試尋諸試

官之文各取一首焚之我便知孰爲爾師生與王並搜之止得八九人生曰如有舛錯以何爲罰僧憤曰剜我盲矑去生焚之每一首都言非是至六篇忽向壁大嘔下氣如雷衆皆粲然僧拭目向生曰此眞汝師也初不知而驟嗅之刺於鼻棘於腹膀胱所不能容直自下部出矣生大怒去曰明日自見勿悔勿悔越二三日竟不至視之已移去矣乃知卽某門生也宋慰王曰凡吾輩讀書人不當尤人但當克已不尤人則德益弘能克已則學益進當前蹶落固是數之不偶平心而論文亦未

便登峰其由此砥礪天下自有不盲之人王肅然起敬又聞次年再行鄉試遂不歸止而受教宋曰都中薪桂米珠勿憂資斧舍後有窖鏹可以發用卽示之處王謝曰昔竇范貧而能廉今某幸能自給敢自污乎王一日醉眠僕及庖人竊發之王忽覺聞舍後有聲竊出則金堆地上情見事露並相慴伏方訶責間見有金爵類多鐫款審視皆大父字諱葢王祖曾爲南部郎入都寓此暴病而卒金其所遺王乃喜秤得金八百餘兩明日告宋且示之爵欲與瓜分固辭乃已以百金往贈瞽僧僧

已去積數月敦習益苦及試宋曰此戰不捷始眞是命
矣俄以犯規被黜王尚無言宋大哭不能自止王反慰
解之宋曰僕爲造物所忌困頓至於終身今又累及良
友其命也夫其命也夫王曰萬事固有數在如先生乃
無志進取非命也宋拭淚曰久欲有言恐相驚怪某非
生人乃飄泊之游魂也少負才名不得志於場屋徉狂
至都冀得知我者傳諸著作甲申之年竟罹於難歲歲
飄蓬幸相知愛故極力爲他山之攻生平未酬之願實
欲借良朋一快之耳今文字之厄若此誰復能漠然哉

王亦感泣問何淹滯曰去年上帝有命委宣聖及閻羅
王核查刼鬼上者備諸曹任用餘者即俾轉輪賤名已
錄所未投到者欲一見飛黃之快耳今請別矣王問所
考何職曰梓潼府中缺一司文郎暫令聾僮署篆文運
所以顛倒萬一倖得此秩當使聖教昌明明日忻忻而
至曰願遂矣宣聖命作性道論視之喜色謂可司文閻
羅稽簿欲以口孽見棄宣聖爭之乃得就某伏謝已又
呼近案下囑云今以憐才拔充清要宜洗心供職勿蹈
前愆此可知冥中重德行更甚於文學也君必修行未

至但積善勿懈可耳王曰果爾餘杭其德行何在曰此即不知要冥司賞罰皆無少爽即前日瞽僧亦一鬼也是前朝名家生前拋棄字紙過多罰作瞽彼自欲醫人疾苦以贖前愆故託游廛肆耳王命置酒宋曰無須終歲之擾盡此一刻再爲我設水角足矣王悲愴不食坐令自噉頃刻已過三盛捧腹曰此餐可飽三日吾以志君德耳向所食都在舍後已生菌矣藏作藥餌可益兒慧王問後會曰既有官責當引嫌也又問梓潼祠中一相酹祝可能達否曰此都無益九天甚遠但潔身力行

自有地司牒報則某必與知之言已作別而沒王視舍後果生紫菌采而藏之旁有新土墳起則水角宛然在焉王歸彌自刻厲一夜夢宋輿蓋而至曰君向以小忿悞殺一婢削去祿籍今篤行已折除矣然命薄不足任仕進也是年捷於鄉明年春闈又勝遂不復仕生二子其一絕鈍啖以菌遂大慧後以故詣金陵遇餘杭生於旅次極道契濶深自降抑然鬢毛斑矣

異史氏曰餘杭生公然自詡意其爲文未必盡無可觀而驕詐之意態顏色遂使人頃刻不可復忍天人之厭

棄已久故鬼神皆玩弄之脫能增修厥德則簾內之刺鼻棘心者遇之正易何所遭之僅也

呂無病

洛陽孫公子名麒娶蔣太史女甚相得二十夭殂悲不自勝離家居山中別業適陰雨晝臥室無人忽見複室簾下露婦人足疑而問之有女子褰簾出年約十八九衣服樸潔而微黑多麻類貧家女意必村中僦屋者呵曰所須宜白家人何得輕入女微笑曰妾非村中人祖籍山東呂姓父文學士妾小字無病從父客遷早離顧

復慕公子世家名士願爲康成文婢孫笑曰卿意良佳然僕輩雜居實所不便容旋里後當輿聘之女次且曰自揣陋劣何敢遂望敵體聊備案前驅使當不至倒捧冊卷孫曰納婢亦須吉日乃指架上使取通書第四卷蓋試之也女翻撿得之先自涉覽而後進之笑曰今日河魁不曾在房孫意少動留匿室中女閒居無事爲之拂几整書焚香拭鼎滿室光潔孫悅之至夕遣僕他宿女俛眉承睫殷勤臻至命之寢始持燭去中夜睡醒則牀頭似有臥人以手探之知爲女捉而撼焉女驚寤起

立榻下孫曰何不別幞牀頭豈汝臥處女曰妾善懼孫憐之俾施枕牀內忽聞氣息之來清如蓮蕊異之呼與共枕不覺心蕩漸與同衾大悅之念避匿非策又恐同歸招議孫有母姨近隔十餘門謀令遁諸其家而後興致之女稱善便言阿姨妾熟識之無容先達請即去孫送之踰垣而去孫母姨寡媪也凌晨啓戶女掩入媪詰之荅云若甥遣問阿姨公子欲歸路賒乏騎畱奴暫寄此耳媪信之遂止焉孫歸矯謂姨家有婢欲相贈遣人舁之而還坐臥皆以從久益嬖之納爲小妻世家論昏皆勿許殆有終焉之志女知之苦勸令娶乃娶於許而終嬖愛無病許甚賢畧不爭夕而無病事許益恭以此嫡庶偕好許舉一子阿堅無病愛抱如己出兒甫三歲輒離乳媪從無病宿許喚之不去也無何許病尋卒臨訣囑孫曰無病最愛兒即令子之可也即正位焉亦可也既葬孫將踐其言告諸宗黨僉謂不可女亦固辭遂止邑有王天官女新寡來求姻孫雅不欲娶王再請之媒道其美宗族仰其勢共慫恿之孫惑焉又娶之色果豔而驕已甚衣服器用多厭嫌輒加毀棄孫以愛敬故

不忍有所拂入門數月擅寵專房而無病至前笑啼皆
罪時怒遷夫壻數相鬪鬩孫患苦之以故多獨宿婦又
怒孫不能堪托故之都逃婦難也婦又以遠遊咎無病
無病鞠躬屛氣承望顏色而婦終不快夜使直宿牀下
兒奔與俱每喚起給使兒輒啼婦厭罵之無病急呼乳
媼來抱之不去強之益號婦怒起毒撻無算始從乳媼
去兒以是病悸不食婦禁無病不令見之兒終日啼婦
叱媼使棄諸地兒氣竭聲嘶呼而求飲婦戒勿與日既
暮無病窺婦不在潛飲兒兒見之棄水捉襟嗷啕不止

婦聞之意氣洶洶而出兒聞聲輟涕一躍遂絕無病大
哭婦怒曰賤婢醜態豈以兒死脅我耶無論孫家襁褓
物即殺王府世子王天官女亦能任之無病乃屛息忍
涕請爲葬具婦不許立命棄之婦既去竊撫兒四體猶
溫隱語媼曰可速將去少待於野我當繼至其死也共
棄之活也共撫之媼曰諾無病入室攜簪珥出追及之
共視兒已蘇二人喜謀趨別業往依姨媼慮其纖步爲
累無病乃先趨以示之疾若飄風媼力奔始能及約二
更許兒病危不復可前遂斜行入村至田叟家倚門待

曉扣扉借室出簪珥易貲巫醫並至病卒不瘳女掩泣曰媪好視兒我往尋其父也媪方驚其謬妄而女已杳矣駭詫不已是日孫在都方憩息牀上女悄然入孫驚起曰纔眠已入夢耶女握手哽咽頓足不能出聲久之久之方失聲而言曰妾歷千辛萬苦與兒逃於楊句未終縱聲大哭倒地而滅孫駭絕猶疑爲夢喚從人共視之衣履宛然大異不解即刻趣裝星馳而歸旣聞兒死妾遁撫膺大悲語侵婦婦反唇相稽孫忿出白刃婢嫗遮救不得近遙擲之刃脊中顱顱破血流披髮嗥叫而

出將以奔告其家孫捉還杖撻無數衣皆若縷傷痛不可轉側孫命舁諸房中護養之將待其瘥而後出之婦兄弟聞之怒率多騎登門孫亦集健僕械禦之兩相叫罵竟日始散王未快意訟之孫捍衛入城自詣質審訴婦惡狀宰不能屈送廣文懲戒以悅王廣文朱先生世家子剛正不阿廉得情怒曰堂上公以我爲天下之齷齪教官勒索傷天害理之錢以吮人癰痔者耶此等乞丐相我所不能竟不受命孫公然歸王無奈之乃示意朋好爲之調停欲生一謝過其家孫不肯十返不能決

婦劄漸平欲出之而又恐王氏不受因循而安之妾亡
子死夙夜傷心思得乳媼一悉其情因憶無病言逃於
楊近村有楊家疃疑其在是往問之並無知者或言五
十里外有楊谷遣騎詣訊果得之兒漸平復相見各喜
載與俱歸兒望見父嗷然大啼孫亦淚下婦聞兒尚存
盛氣奔出將致詬駡兒方啼開目見婦驚投父懷若求
藏匿抱而視之氣已絕矣急呼之移時方甦孫恚曰不
知如何酷虐遂使吾兒至此乃立離昏書送婦歸王果
不受又舁還孫孫不得已父子別居一院不與婦通乳

媼乃備述無病情狀孫始悟其爲鬼感其義葬其衣履
題碑曰鬼妻呂無病之墓無何婦產一男交手於項而
死之孫益忿復出婦王又舁還之孫無所爲計具狀控
諸上臺皆以天官故置不理後天官卒孫控不已乃判
令大歸孫由此不復娶納婢焉婦既歸悍名譟甚居三
四年無問名者婦頓悔而已不可復挽有孫家舊媼適
至其家婦優待之對之流涕揣其情似念故夫媼歸告
孫孫笑置之又年餘婦母又卒孤無所依諸娣姒頗厭
嫉之婦益失所日輒涕零一貧士喪偶兒議厚其奩妝

而遣之婦不肯每陰託往來者致意孫泣告以悔孫不聽終置之一日婦率一婢竊驢跨之竟奔孫孫方自內出迎跪階下泣不可止孫欲去之婦牽衣復跪之孫固辭曰如復相聚常無間言則已耳一朝有他汝兄弟如虎狼再求離逷豈可復得婦曰妾竊奔而來萬無還理留則留之否則死之且言妾自二十一歲從君二十三歲被出誠有十分惡寧無一分情乃脫一腕釧並兩足而束之袖覆其上曰此時香火之誓君寧不憶之耶孫乃熒眥欲淚使人挽扶入室而猶疑王氏詐諼欲得其

兄弟一言爲證據婦曰妾私出何顏復求兄弟如不相信妾藏有死具在此請斷指以自明遂於腰中出利刃就牀邊伸左手一指斷之血溢如湧孫大駭急爲束裹婦容色痛變而更不呻吟笑曰妾今日黃粱之夢已醒特借斗室爲出家計何用相猜孫乃使子及妾另居一所而已朝夕往來於兩間又日求良藥醫指創月餘尋愈婦由此不茹葷酒閉戶誦佛而已居久見家政廢弛謂孫曰妾此來本欲置他事於不問今見如此用度恐子孫有餓莩者矣無已再覥顏一經紀之乃集婢媼按

日責其績織家人以其自投也慢之無人時竊相誚訕而婦若不聞知既而課工惰者鞭撻不貸衆始懼之又垂簾課主計僕綜理微密孫乃大喜使兒及妾皆朝見之阿堅已九歲婦每加意溫卹朝入塾常留甘餌以待其歸兒亦漸親愛之一日兒以石投雀婦適過中顱而仆踰刻不語孫大怒撻兒婦蘇力止之且喜曰妾昔虐兒中心每不自釋今幸消一罪案矣孫益嬖愛之婦每拒使就妾宿居數年屢產屢殤曰此昔日殺兒之報也阿堅既娶遂以外事委兒內事委媳一日曰妾某日當

死孫不信婦自理葬具至日更衣入棺而卒顏色如生異香滿室既斂香始漸滅

異史氏曰心之所好原不在妍媸也毛嬙西施焉知非自愛之者美之乎然不遭悍妒其賢不彰幾令人與嗜痂者並笑矣至錦屏之人其夙根原厚故豁然一悟立證菩提若地獄道中皆富貴而不經艱難者也

崔猛

崔猛字勿猛建昌世家子性剛毅幼在塾中諸童蒙稍有所犯輒奮拳毆擊師屢戒不悛名字皆先生所賜也

至十六七强武絕倫又能持長竿躍登夏屋喜雪不平
以是鄉人共服之求訴稟白者盈階滿室崔抑强扶弱
不避怨嫌稍逆之石杖交加支體爲殘每盛怒無敢勸
者惟事母孝母至則解母譴責備至崔唯唯聽命出門
輒忘比鄰有悍婦日虐其姑姑餓瀕死子竊啖之婦知
詬厲萬端聲聞四院崔怒踰垣而過鼻耳脣舌盡割之
立斃母聞之大駭呼鄰子極意溫卹配以少婢事乃寢
母憤泣不食崔懼跪請受杖且告以悔母泣不顧崔妻
周亦與並跪母乃杖子而又以針刺其臂作十字紋朱

塗之俾勿滅崔並受之母乃食母喜飯僧道往往饜飽
之適一道士在門崔過之道士目之曰郎君多凶橫之
氣恐難保其令終積善之家不宜有此崔新受母戒聞
之起敬曰某亦自念之但一見不平若不自禁力改之
可免否道士笑曰姑勿問可免不可免請先自問能改
不能改但當痛自抑如有萬分之一我告君一解死之
術崔生平不信厭禳但笑不言道士曰我固知君不信
但我所言不類巫覡行之亦盛德卽其不效亦不至有
所妨崔請之乃曰適門外一後生宜厚結之既犯死罪

此子能活之也呼崔出指示其人蓋趙氏兒名僧哥趙南昌人以歲祲饑僑寓建昌崔由是深相結請趙館於其家供給優厚僧哥年十二登堂拜母約爲昆弟踰歲東作趙攜家去音問遂絕崔母自鄰婦死戒子益切有赴訴者輒擯斥之一日崔母弟卒從母往弔途遇數人縶一男子呵罵促步加以捶扑觀者塞途輿不得進崔問之識崔者競相擁告先是有巨紳子某甲者豪橫一鄉窺李申妻有色欲奪之道無由因命家人誘與博賭貸以貲而重其息要使署妻於券貲盡復給終夜負責

數千積半年計子母三十餘千申不能償強以多人篡取其妻申哭諸其門某怒拉繫樹上榜笞刺剟逼立無悔狀崔聞之氣涌如山鞭馬前向意將用武母搴簾而呼曰唶又欲爾耶崔乃止既弔而歸不語亦不食兀坐直視若有所嗔妻詰之不荅至夜合衣臥榻上輾轉達旦次夜復然啟戶出輒又還臥如此三四妻不敢詰惟慴以聽之既而遲久乃反掩扉熟寢矣是夜有人殺某甲於牀上刳腹流腸甲妻亦裸尸牀下官疑申捕治之橫被殘梏踝骨皆見卒無詞積年餘不能堪誣服論辟

會崔母死既殯告妻曰殺甲者實我也徒以有老母故不敢泄今大事已了柰何以一身之罪殃他人我將赴有司死耳妻驚挽之絕裾而去自首於庭官愕然械送獄釋申申不可堅以自承官不能決兩收之戚屬皆誚讓申申曰公子所爲是我欲爲而不能者也彼代我爲之而忍坐視其死乎今日即謂公子未出也可執不異詞固與崔爭久之衙門皆知其故強出之以崔抵罪瀕就決矣會卹刑官趙部郎案臨閱因至崔名屏人而喚之崔入仰視堂上僧哥也悲喜實訴趙徘徊良久仍令下獄囑獄卒善視之尋以自首減罪充雲南軍申爲服役而去未期年援赦而歸皆趙力也既歸申終從不去代爲紀理生業予之貲不受緣橦技擊之術頗以關懷崔厚遇之買婦授田焉崔由此力改前行每撫臂上刺痕泫然流涕以故鄉鄰有鬬申輒矯命排解不相承禀有王監生者家豪富四方無賴不仁之輩出入其門邑中殷實者多被劫掠或迕之輒遣盜殺諸途子亦淫暴王有寡嬸父子俱烝之妻仇氏屢沮王王縊殺之仇兄弟質諸官王賕囑以告者坐誣兄弟冤憤莫伸詣崔求

訴申絕之使去過數日客至適無僕使申瀹茗申默而出告人曰我與崔猛朋友耳從徙萬里不可謂不至矣曾無廩給而役同厮養所不甘也遂忿而去或以告崔崔訝其改節而亦未之奇也申忽訟於公堂謂崔三年不給傭價崔大異之親與口對狀申忿相爭官不直之責逐而去又數日申忽夜入王家將其父子嬸婦並殺之粘紙於壁自書姓名及追捕之則亡命無跡王家疑崔主使官不信崔始悟前此之訟蓋恐殺人之累己也關行附近州邑追捕甚急會闖賊犯順其事遂寢無何明鼎革申攜家歸復與崔善如初時土寇嘯聚王有從子得仁集叔所招無賴據山爲盜焚掠村疃一夜傾巢而至以復讎爲名崔適他出申破扉始覺越牆伏暗中賊搜崔不得攜崔妻括財物而去申歸止有一僕忿急不能爲地乃斷繩數十段以短者付僕長者自懷之囑僕越賊巢登半山以火爇繩散挂諸荆棘卽返勿顧僕諾而去申窺賊皆腰束紅帶帽繫紅絹遂傚其裝有老牝馬初生駒賊棄諸門外申乃縛駒跨馬銜枚而出直至賊穴賊據一大村申縶馬村外踰垣入見賊衆紛紜

操戈未釋申竊問諸賊知崔妻在王某所俄聞傳令俾各休息轟然嗷應忽一人報東山有火衆賊共望之初猶一二點既而多類星宿申坌息急呼東營有警王太驚束裝率衆而出申乘間漏出其後反身入內見兩賊守帳紿之曰王將軍遺佩刀兩賊競覓申自後砍之一賊踣其一回顧申又斬之竟負崔妻越垣而出解馬授轡曰娘子不知途縱馬可也馬戀駒奔駛申從之出一隘口申灼火於繩徧懸之乃歸次日崔還以爲大辱形神跳躁欲單騎往平賊申諫止之集村人而謀之衆恇怯莫敢應解諭再四得敢往二十餘人又苦無兵適於得仁族姓家獲奸細二崔欲殺之申不可命二十人各持白梃具列於前乃割其耳而縱之衆怒曰此等兵旅方懼賊知而反示之脫其傾隊而來闔村不保矣申曰吾正欲其來也執匿盜者誅之遣人四出各假弓矢火銃又詣邑借巨砲二日暮率壯士至隘口置砲當其衝使二人匿火而伏囑見賊乃發又至谷口東伐樹置崖上已而與崔各率十餘人分岸伏之一更向盡遥聞馬嘶賊果大至繦屬不絕俟盡入谷乃推墮樹木

以斷歸途俄而砲發喧騰號叫之聲震動山谷賊驟退自相踐踏至東口不得出集無隙地兩岸銃矢夾攻勢如風雨斷頭折足者枕藉溝中遺二十餘人長跪乞命乃遣人縶送以歸乘勝直抵其巢守巢者聞風奔竄搜其輜重而還崔大喜問其設火之謀曰設火於東恐其西追也短欲其速盡恐偵知其無人也既而設於谷口口甚隘一夫可以斷之彼即追來見火必懼皆一時犯險之下策也取賊鞫之果追入谷見火驚退二十餘賊盡劓剩而放之由此威聲大震遠近避亂者從之如市得土團三百餘人各處强寇無敢犯一方賴之以安

異史氏曰快牛必能破車崔之謂哉志意忼慨蓋鮮儷矣然欲使天下無不平之事寧非意過其通者與李申一介細民遂能濟美緣橦飛入蓟禽獸於深閨斷路夾攻蕩幺麽於隘谷使得假五丈之旗爲國効命烏在不南面而王哉

安期島

長山劉中堂鴻訓同武弁某使朝鮮聞安期島神仙所居欲命舟往遊國中臣僚僉謂不可令待小張蓋安期

不與世通惟有弟子小張歲輒一兩至欲至島者須先自白如以爲可則一航可至否則颶風覆舟踰一二日國王召見入朝見一人佩劍冠棕笠坐殿上年三十許儀容修潔問之即小張也劉因自述嚮往之意小張許之但言副使不可行又出徧視從人惟二人可以從遊遂命舟導劉俱往水程不知遠近但覺微風習習如駕雲霧移時已抵其境時方嚴寒既至則氣温煦山花徧巖谷導入洞府見三叟趺坐東西者覩客入漠若罔知惟中坐者起迓客相爲禮既坐呼茶有僮將盤去洞外

石壁上有鐵錐銳沒石中僮拔錐水即溢射以琖承之滿復塞之既而托至其色淡碧試之其涼震齒劉畏寒不飲叟顧僮頤示之僮取琖去呷其殘者仍於故處拔錐溢取而返則芳烈蒸騰如初出於鼎竊異之問以休咎笑曰世外人歲月不知何解人事問以却老術曰此非富貴人所能爲者劉興辭小張仍送之歸既至朝鮮備述其異國王歎曰惜未飲其冷者是先天之玉液一琖可延百齡劉將歸王贈一物紙帛重裹囑近海勿開視既離海急取拆視去盡數百重始見一鏡審之則蛟

宮龍族歷歷在目方凝注間忽見潮頭高於樓閣洶洶已近大駭極馳潮從之疾若風雨大懼以鏡投之潮乃頓落

薛慰娘

豐玉桂聊城儒士也貧無生業崇禎間歲大祲孑然遠遁年餘將歸至沂而病力疾行數里至城南叢葬處益憊因傍塚臥少間如夢至一村有叟自門中出邀生入屋兩楹亦殊草草室一女子年十六七儀容慧雅叟使瀹栢枝湯以陶器供客便向生詰里居年齒既已乃曰洪都李姓平陽族流寓此間今三十二年矣君志此門戶余家子孫如見探訪即煩一指示之老夫不敢忘義義女慰娘頗不醜可配君子三豚兒到日即遣主盟生喜拜曰犬馬齒二十有二尚少良配惠以眷好固佳但何處得翁家人而訴之也叟曰君但住此村中相待月餘自有來者止求無憚煩耳生恐其不信要之曰實告翁僕故家四壁耳恐後日不如所望中道之棄人所難堪即無姻好亦不敢不守季路之諾即何妨質言之也叟笑曰君欲老夫旦旦耶我稔知君貧此訂非專爲君

慰娘孤而無依相託已久不忍聽其流落故以奉君子耳何見疑即捉臂送生拱手闔扉而去生忽似夢覺則身臥塚邊日已將午漸起次且入村村人見之皆驚謂其死道旁已經日矣頓悟叟即墳中人也隱而不言但求寄寓村人恐其復死莫敢留村有秀才與同姓聞之趨詰家世蓋生緦服叔也喜導至家餌治之數日尋愈因述所遇叔亦驚怪遂坐待以覘其變居無何果有官人至村訪父墓址自言平陽進士李叔向先是其父李洪都與同鄉某甲遠行賈死於沂某因瘞諸叢葬處既

歸某亦尋死是時翁三子皆幼長伯仁後舉進士令淮南數遣人詢父墓迄無知者次仲道尋舉孝廉叔向最少亦登第於是親求父骨至沂無處不諳是日問村人皆莫之識生乃引至葬所指示之叔向以其年少未敢信生具陳所遭叔向奇之審視有兩墳近相接或言三年前有仕宦者葬少妾於此叔向恐悞發他塚生遂以所臥處示之叔向命舁材於側始發塚塚開則見女尸服妝黯敗而粉黛如生叔向知其悞駭極莫知所為而女已頓起四顧曰三哥來耶叔向驚就問之則慰娘也

乃解衣蔽覆舁歸逆旅急發傍塚冀父復活既發則膚革猶存而撫之僵燥悲哀不已裝入材清醮七日女亦縗絰若女忽告叔向曰曩阿翁有黃金二鋌曾分一爲妾作奩妾以孤弱無藏所故僅以采線縶腰而未將去兒得之否叔向不知乃使生反求諸壙果得之一如女言叔向仍以綫誌者分贈慰娘暇乃審其家世先是女父薛寅侯無子止生慰娘深鍾愛之女一日自金陵舅氏歸將媪問渡操舟者乃金陵媒也適有仕宦者任滿赴都遣覓美妾凡歷數家無當意者故將爲扁舟詣廣

陵忽遇女隱生詭謀急招附渡媪素識之遂與共濟中途投毒食中女嫗皆迷推媪墮江載女而返以重金賣諸仕宦者入門嫡始知怒甚女又惘然莫知爲禮遂撻楚囚禁之北渡三日女方醒婢言本末女大泣一夜宿於沂自縊死乃瘞諸亂塚中女至墓爲羣鬼所陵李翁時呵護之女乃父事翁翁曰汝命合不死當爲擇一快壻一日生既見而出反謂女曰此生品誼可託待汝三兒至爲汝主婚一日曰汝可歸候汝三兒將來矣蓋郎發墓之日也女於喪次爲叔向緬述之叔向歎息良久

即以慰娘爲妹俾從李姓署買衣妝遣歸生曰資斧無
多不能爲妹子辦妝意將偕歸以慰母心如何女亦欣
然於是夫妻從叔向輦柩並發既歸母詰得其故愛逾
所生館諸別院喪次女哀悼過於兒孫母益憐之不令
東歸囑諸子爲之買第適有馮氏賣宅值六百金倉猝
未能取盈暫收契券約日交兌及期馮早至適女亦自
別院入省母突見之絕似當年操舟人馮亦似驚女趨
過之兩兄亦以母小恙俱集母所女問廳前蹀躞者誰
也仲道曰幾忘卻此必前日賣宅者也即起欲出女止

之告以所疑使詰難之仲道諾而出則馮已去而巷南
塾師薛先生在焉因問何來曰昨夕馮某浼早登堂一
署券保適途遇之云偶有所忘暫歸便反使僕一坐待
之也少間生及叔向皆至遂相扳談慰娘以馮故潛自
屏後來窺客細審之則其父也突出抱持大哭翁驚涕
曰吾兒何來衆始知薛即寅侯也仲道雖於街頭屢遇
之初未悉其名字至是共喜爲述前因設酒相慶因留
信宿自道行蹤蓋自失女後妻以悲傷而死鰥無所依
故遊學至此也生約買宅後迎與同居次日往探則馮

舉家遁去始知殺媼賣女即其人也馮初至平陽貿易成家比年博賭漸就消乏故貨居宅賣女之貲亦瀕盡矣慰娘得所即亦不甚讎之但擇日徙居更不追其何往李母賂遺不絕一切日用之需皆給之生遂家於平陽但歸赴歲試深以爲苦幸是科舉孝廉慰娘富貴每念媼爲已死思有以報其子媼夫姓殷氏一子名富善博貧無立錐一日以賭局爲爭注毆殺人命亡歸平陽雖不識生然以慰娘故遠相投生喜留之門下研詰之道其所殺姓名蓋即馮某也駭歎久之因爲道破富始

知馮即殺母之讎益喜遂傭爲生家服役亦家於西薛寅侯就養於壻壻爲買婦生子女各一焉

田子成

江寧田子成過洞庭覆舟而沒子良耜明季進士時在抱中妻杜氏聞訃仰藥而死良耜受庶祖母撫育得以成立後筮仕湖北年餘奉憲命營務湖南良耜至洞庭痛哭而返自告才力不足降縣丞隷漢陽甚非所樂辭不就諸院司強督促之乃就輒放浪江湖間不以官職自守一夕艤舟江岸聞洞簫聲抑揚可聽乘月步去約

半里許見壙野中茅屋數椽熒熒燈火近窗窺之則三人對酌其中上座一秀才年三十許下座一叟側座吹簫者年最少吹竟叟擊節贊佳秀才面壁吟思若罔聽聞叟曰盧十兄必有佳句請長吟俾得共賞之秀才乃吟曰滿江風月冷淒淒瘦草零花化作泥千里雲山飛不到夢魂夜夜竹橋西吟聲愴惻叟笑曰盧十兄故態作矣因酌以巨觥曰老夫不能屬和請歌以侑酒乃歌蘭陵美酒之什歌已一座解頤少年起曰我視月斜何度矣突出見客拍手曰窗外有人我等狂態盡露也遂

挽客入共一舉手叟使與少年對坐試其杯皆冷酒辭不飲少年知其意即起以葦炬燎而進之良耜亦命從者出錢行沽固止之因訊邦族良耜具道生平叟致敬曰吾鄉父母也少君姓江此間土著指少年曰此江西杜野侯又指秀才曰盧十兄與公同鄉盧目視良耜殊偃蹇不甚為禮良耜因問家居何里如此清才殊早不聞荅曰流寓已久親族恒不相識可歎人也言之哀楚叟搖手亂之曰好客相逢不理觴政聒絮如此厭人聽聞遂把杯自飲曰一令請共行之不能者罰每擲三骰

以相逢爲率須一古典相合乃擲得么二三倡曰三加么二點相同雞黍三年約范公朋友喜相逢次年少擲得雙二單四曰不讀書人但俚典勿以爲笑四加雙二點相同四人聚義古城中兄弟喜相逢盧得雙么單二曰二加雙么點相同呂向兩手抱老翁父子喜相逢艮耜擲復與盧同曰二加雙么點相同茅容二簋款林宗主客喜相逢令畢艮耜興辭盧始起曰故鄉之誼未遑傾吐何別之遽將有所問願少留也艮耜復坐問何言曰僕有老友某沒於洞庭亦與君同族否艮耜曰是先君也何以相識曰少時相善沒日惟僕見之因收其骨葬江邊耳艮耜出涕下拜求指墓所盧曰明日來此當指示之要亦易辨去此數武但見墳上有叢蘆十莖者是也艮耜灑涕與衆拱別至舟終夜不寢頓念盧情詞似皆有因不能待旦昧爽而往則舍宇全空益駭因遵所指處往尋墓果得之叢蘆其上數之適符其數恍然悟盧十兒之稱皆其寓言所遇乃其父之鬼也細問土人則二十年前有高翁富而好善水溺者皆拯其尸而埋之故有數墓在焉遂發塚負骨棄官而返歸告祖母

質其狀貌皆確江西杜野侯乃其表兄年十九溺於江後其父流寓江西又悟杜夫人沒後葬竹橋之西故詩中憶之也但不知叟何人耳

王桂菴

王穉字桂菴大名世家子適南遊泊舟江岸臨舟有榜人女繡履其中風姿韻絕王窺瞻既久女若不覺王朗吟洛陽女兒對門居故使女聞女似解其爲己者略舉首以斜瞬之俛首繡如故王神志益馳以金錠一枚遥投之墮襟上女拾棄之若不知爲金也者金落岸邊王拾歸已又以金釧擲之墮足下女操業不顧無何榜人自他歸王恐其見釧研詰心急甚女從容以雙鉤覆蔽之榜人解纜順流逕去王心情喪惘癡坐凝思時王方娶而喪其偶悔不即媒定之乃詢諸舟人並不識其何姓乃返舟急追之日力既窮杳不知其何往不得已返舟而南務畢北旋又沿江細訪並無音耗至家寢食皆縈念之踰年復南買舟江際若家焉日日細數行舟往來者帆楫皆熟而曩舟殊渺居半年貲罄而歸行思坐想不能少置一夜夢至江村過數門見一家柴扉南向

門內疎竹爲籬意是亭園逕入之有夜合一株紅絲滿樹隱念詩中門前一樹馬纓花此其是矣過數武葦笆光潔又入見北舍三楹雙扉闔焉南有小舍紅蕉蔽窗探身一窺則椸架當門罥畫裙其上知爲女子閨闥愕然卻退而內已覺之有奔出瞰客者粉黛微呈則舟中人也喜出非望曰亦有相逢之期乎方將狎就女父適歸倏然驚覺始知爲夢景物歷歷如在目前秘之恐與人言破此佳夢後年餘再適鎮江郡南有徐太僕與有世誼招之飲信馬而去悞入小村道途景色髣髴平生所歷一門內馬纓一樹景象宛然駭極投鞭逕入種種物色與夢無別再入則房舍一如其數夢旣驗不復疑慮直趨南舍舟中人果在其中遙見王驚起以扉自障叱問何處男子王逡巡間猶疑是夢女見步履漸近閛然扃戶王曰卿不憶擲釧者耶備述相思之苦且言夢徵女隔扉審其家世王具道之女曰旣屬宦裔中饋必有佳人焉用妾王曰非以卿故婚娶固已久矣女曰果如所云足知君心妾此情難告父母然亦方命而絕數家金釧猶在料鍾情者必有耗問耳父母偶適外戚行

且至君姑退倩冰委禽計無不遂若望以非禮成耦則用心左矣王倉卒欲出女遙呼王郎妾芸娘姓孟氏父字江蘺王諾記而出罷筵早返謁江蘺翁逆入設坐籬下王自道家閥即致來意兼納百金爲聘翁曰息女已字矣王曰訊之甚確固待聘耳何見絶之深翁曰適間所諾不敢爲誑王神情俱失拱别而返不知其信否當夜輾轉無人可以媒之向欲以情告太僕恐娶榜人女爲先生笑今情急無可爲媒質明詣太僕實告之太僕曰此翁與有瓜葛是祖母嫡孫何不早言王始吐隱情

太僕疑曰江蘺固貧素不以操舟爲業得毋悞乎乃遣子大郎詣孟孟曰僕雖空匱非賣婚者曩公子以金自媒諒僕必爲利動故不敢附爲婚姻既承先生命必無錯謬但頑女頗恃嬌愛好門戸輒便拗郤不得不與商搉免他日怨遠婚也遂起少入而返拱手一如尊命約期乃别大郎復命王乃盛備禽妝納采於孟假館太僕之家親迎成禮居三日辭岳北歸夜宿舟中問芸娘曰向於此處遇卿固疑不類舟人子當日泛舟何之答云妾叔家江北偶借扁舟一省視耳妾家僅可自給然儻

來物頗不貴視之笑君雙瞳如豆屢以金貲動人初聞音聲知為風雅士又疑為儇薄子作蕩婦挑之也使父見金釧君死無地矣妾憐才心切否王笑曰卿固黠甚然亦墮吾術矣問何事王止而不言又固詰之乃曰家門日近此亦不能終秘實告卿我家中固有妻在吳尚書女也芸娘不信王故莊其詞以實之芸娘色變默移時遽起奔出王躧履追之則已投江中矣王大呼諸船驚鬧夜色昏濛惟有滿江星點而已王悼痛終夜沿江而下以重價覓其骸骨亦無見者邑邑而歸憂慟交集

又恐翁來視女無詞可以相對有姊壻官河南遂命駕造之年餘始歸途中遇雨休裝民舍見房廊清潔有老嫗弄兒廈間兒睹王入即求援抱王怪之又視兒秀婉可愛攬置膝頭嫗喚之不去少頃雨霽王舉兒付嫗下堂趣裝兒啼曰阿爹去矣嫗耻之呵之不止強抱而去王坐待治任忽有麗者自屏後抱兒出則芸娘也方詫異間芸娘罵曰負心郎遺此一塊肉焉置之王乃知為己子酸來刺心不暇問其往迹先以前言之戲矢日自白芸娘始反怒為悲相向涕零先是第主莫翁六旬無

子攜媪往朝南海歸途泊江際芸娘隨波下適觸翁舟翁命從人拯出之療救終夜始漸蘇翁媪視之是好女子甚喜以爲己女攜之而歸居數月欲爲擇壻女不可踰十月舉一子名之寄生王避雨其家寄生方周歲也王於是解裝入拜翁媪遂爲岳壻居數日始舉家歸至則孟翁坐待已兩月矣翁初至見僕輩情詞恍惚心頗疑怪既見始共懽慰歷述所遭乃知其枝梧者有由也

寄生附

寄生字王孫郡中名士父母以其襁褓認父謂有夙慧

鍾愛之長益秀美八九歲能文十四入郡庠每自擇偶父桂菴有妹二娘適鄭秀才子僑生女閨秀慧豔絕倫王孫見之心竊愛好思慕良切積久寢食俱廢父母大憂苦研詰之遂以實告父遣冰於鄭鄭性方謹以中表爲嫌卻之而王孫益病母計無所出陰婉致二娘但求閨秀一臨存之鄭聞益怒出惡聲焉父母既絕望聽之而已郡有大姓張氏五女皆美幼者小名五可尤冠諸姊擇壻未字一日上墓途遇王孫自輿中窺見之歸以白母母探知其意見媒媪于氏微示之媪遂詣王所時

王孫方病試知之笑曰此病老身能醫之芸娘問故媪述張氏意並道五可之美芸娘喜即使往候王孫媪入撫王孫而告之王孫搖首曰醫不對症柰何媪笑曰但問醫良否耳其良也召和而緩至可矣執其人以求之守死而待之不已癡乎王孫欷歔曰但天下之醫無愈和者媪曰何見之不廣也遂以五可之容顏髮膚神情態度口寫而手狀之王孫又搖首曰媪休矣此余願所不及也反身向壁不復聽矣媪見其志不移遂去一日王孫沉痼中忽一婢入曰所思之人至矣喜極躍然能

起急出舍則麗人已在庭中細認之卻非閨秀着松黃袍細褶繡裙雙鉤微露神仙不啻也拜問姓名荅曰妾五可也君深於情者而獨鍾閨秀使人不平王孫謝曰生平未見顏色故目中止一閨秀今知罪矣遂與要誓方握手殷殷適母來撫摩遽然而覺則一夢也回首聲容笑貌宛在目中陰念五可果如所夢何必求所難遘因而以夢告母母喜其念少奪急欲媒之王孫恐夢見不得真託鄰媪素識張氏者偽以他故詣之而囑潛相五可嫗至其家五可方病靠枕支頤婀娜之態傾絕一

世近問何恙女默然弄帶不作一語母代荅曰非病也連朝與爺娘負氣耳嫗問故曰諸家問名皆不願必如王家寄生者方嫁是爲母者勸之急遂作意不食數日矣嫗笑曰娘子若配王郎眞是玉人成雙也渠若見玉娘者恐又憔悴死矣我歸即令倩冰如何五可止之曰姥勿爾恐其不諧益增笑耳嫗鋭然以必成自任五可方微笑嫗歸復命一如媒媼言王孫詳問衣履無不與夢適合大悦意稍舒然終不敢以人言爲信過數日漸瘳秘招于媼來謀一親見五可媼難之姑應而去久之不至方欲覔之媼忽忻然而入曰機幸可圖五可向有小恙日令婢輩相扶一過對院公子往伏伺之五娘行緩澀委曲可盡睹王孫喜如其教明日命駕早往媼先在焉即令縶馬村樹導入臨路舍設坐掩扉乃去少間五可果扶婢出王孫自門隙目注之女經門外過媼故指揮雲樹以遲纖步王孫窺覘盡悉髣髴又入夢中喜顫不能自持未幾媼至曰可以代閨秀否王孫申謝而返始告父母遣妁要盟乃媒往則五可已別字矣王孫失意悔悶欲死即刻復病父母憂甚責其自悞王孫無

詞惟日飲米汁一合積數月雞骨支牀較前尤甚媼忽至驚曰何憊之甚王孫涕下以情告媼笑曰癡公子前日人趍汝來而故卻之今日汝求人而能必遂耶雖然尚可爲力早與老身謀者卽許京都皇子我能奪之使還王孫大悅求策媼命函啟遣伻約次日候於張所桂菴恐以唐突見拒媼曰前日張公業有成言延數日而遽悔之且彼字他家尚無函信諺云先炊者先餐何疑也桂菴從之次日二僕往並無異詞厚犒而歸王孫悅病復起由此閨秀之想始絕初鄭子僑卻聘閨秀頗不懌既聞張氏婣成心益抑鬱恍惚若病日就支離父母詰之不敢言婢窺其意隱以告母鄭聞之怒不醫以聽其死二娘懟曰吾姪亦殊不惡何守頭巾誠殺吾嬌女鄭恚曰若所生女不如早亡免貽笑柄以此夫妻反目二娘故與女言將使仍歸王孫若爲媵女俛首不言若甚願之二娘商鄭鄭益怒一付二娘置女若已死不復預聞二娘愛女切欲實其言女乃喜病始漸瘥竊探王孫親迎有日矣屆期以姪完婚僞欲歸寧昧旦使人求僕輿於兄兄最友愛又以居村鄰邇卽以所備親迎輿

馬先迎二娘既至則妝女入車使兩僕兩媼護送而去到門以氈貼地而入時鼓樂已集從僕叱令吹擂一時人聲沸聒王孫奔視則女子以紅帕蒙首駭極欲奔鄭僕夾扶便令交拜王孫不知何由郎亦拜訖二媼扶女逕坐青廬始知其閨秀也舉家皇亂莫知所爲時漸濆暮王孫不復敢行親迎之禮桂菴遣僕以情告張張怒欲遂斷絕五可不肯曰彼雖先至未受雁采不如仍使親迎父納其言以對來使使歸桂菴終不敢從相對籌思喜怒俱無所施張待之既久知其不行遂亦以輿馬

送五可至因另設青帳於別室而王孫周旋中閒蹀躞無以自處母乃調停於中使序行以齒二女皆諾及五可聞閨秀差長稱姊有難色母甚慮之比三朝同會於母所見閨秀風致宜人右之自是始定然父母皆恐其積久不相能而二女更無閒言衣履易着相愛如姊妹焉王孫始問五可卻媒之故笑曰無他聊報君之卻于媼耳向未見妾意中止一閨秀既見妾亦畧靳之以覘君之視妾較閨秀何如也使君爲人病而不能爲妾病則亦不必強求容矣王孫笑曰報亦慘矣然非于媼何

得一覩芳容亦可曰是妾自欲見君媼何能爲過舍門時豈不知耽耽者在內也夢中業相要何尚未之信也王孫驚問何知曰妾病中夢至君家以爲妄後聞君亦夢妾乃知魂魄直到此也王孫異之遂述所夢時日悉符父子之良緣皆以夢成亦奇情也故並存之

異史氏曰父癡於情子遂幾爲情死所謂情種其王孫之謂與不有善夢之父何生離魂之子哉

褚遂良

長山邑民趙某稅屋大姓之家病癥結又素孤貧難自

給奄就危殆一日力疾就涼移臥簷下既醒見絕代麗人坐身傍因便詰問女荅云我特來爲汝作婦某驚曰無論貧人不敢有妄想且奄忽垂斃有婦欲何爲女自媒能治之某曰我病非倉猝可除縱有良方且苦無貲可買藥餌女曰我醫疾不用藥也遂以手按趙腹力摩之覺其掌熱如火移時腹中癖塊隱隱作解坼聲又少時欲登厠急起走數武解衣大下膠液流離結塊盡出覺通體快爽返臥故處謂女曰娘子何人祈告姓氏以便尸祝荅云我狐仙也君乃唐朝褚遂良曾有恩於妾

家每銘心欲一報之日相尋覓今始能得夙願可酬矣某自慚形穢又慮茅屋竈煤玷染華裳女但請行趙乃導入家土莝無席竈冷無煙曰無論光景如此不堪相辱卽卿能甘之請視甕底空空又何以養妻子女但言無慮言次一回頭見榻上氈席衾褥已設方將致詰又轉瞬見滿室皆銀光紙裱貼如鏡諸物已悉變易几案精潔肴酒並陳矣遂相歡飲日暮與同狎寢如夫婦主人聞其異請一見之女卽出見無難色由此四方傳播造門者甚夥女並無所拒絕或設筵招之女必與夫俱

一日座中一孝廉陰萌淫念女已知之忽加誚讓卽以手推其首首過欞外而身猶在室出入轉側皆所不能因共哀免乃曳出之積年餘造詣者益煩女頗厭之被拒者輒罪趙値端陽飲酒高會忽一白兎躍入女起曰春藥翁來見召矣謂兎曰請先行兎趨出逕去女命趙取梯趙於舍後負長梯來高數丈庭有大樹一章便倚其上梯更高於樹杪女先登趙亦隨之女回首曰親賓有願從者當卽移步衆相視不敢登惟主人一僮踴躍從諸其後上上益高梯盡雲接不可見矣共視其梯則

至家前輿之某稽首出署自念監生卑賤非車服炫耀不足震懾曹屬於是益市輿馬又遣鬼役以彩輿迓其美妾區畫方已眞定鹵簿已至途中里餘一道相屬意得甚忽前導者鉦息旗靡驚疑間見騎者盡下悉伏道周人小徑尺馬大如狸車前者駭曰關帝至矣某懼下車亦伏遥見帝君從四五騎緩轡而至鬚多繞頰不似世所模肖者而神采威猛目長幾近耳際馬上問此何官從者荅眞定守帝君曰區區一郡何直得如此張皇某聞之灑然毛悚身暴縮自顧如六七歲兒帝君命起

使隨馬踪行道傍有殿宇帝君入南向坐命以筆札授某俾自書鄉貫姓名某書已呈進帝君視之怒曰字訛誤不成形象此市儈耳何足以任民社又命稽其德籍傍一人跪奏不知何詞帝君厲聲曰干進罪小賣爵罪重旋見金甲神綰鎖去遂有二人捉某褫去冠服笞五十臀肉幾脫逐出門外四顧車馬盡空痛不能步偃息草間細認其處離家尚不甚遠幸身輕如葉一晝夜始抵家豁若夢醒牀上呻吟家人集問但言股痛蓋瞑然若死者已七日矣至是始寤便問阿憐何不來蓋妾小

字也先是阿憐方坐談忽曰彼爲眞定太守差役來接我矣乃入室麗妝妝竟而卒纔隔夜耳家人述其異某悔恨椎胸命停尸勿葬冀其復還數日杳然乃葬之某病漸瘳但股瘡大劇半年始起每自曰官貲盡耗而横被冥刑此尚可忍但愛妾不知舁向何所清夜所難堪耳

異史氏曰嗟乎市儈固不足南面哉冥中既有線索恐夫子馬踪所不及到作威福者正不勝誅耳吾鄉郭華野先生傳有一事與此頗類亦人中之神也先生以清

骾受主知再起總制荆楚行李蕭然惟四五人從之衣履皆敝陋途中人皆不知爲貴官也適有新令赴任道與相值駝車二十餘乘前驅數十騎騶從以百計先生亦不知其何官時先之時後之時以數騎雜其伍彼前馬者怒其擾輒訶御之先生亦不顧瞻亡何至一巨鎮兩俱休止乃使人潛訪之則一國學生加納赴任湖南者也乃遣一价召之使來令聞呼駭疑及詣官閣始知爲先生悚懼無以爲地冠帶匍伏而前先生問汝即某縣縣尹耶答曰然先生曰蕞爾一邑何能養如許騶從

履任則一方塗炭矣不可使殃民社可即旋歸勿前矣令叩首曰下官尚有文憑先生即令取憑審驗已曰此亦細事代若繳之可耳令伏拜而出歸途不知何以爲情而先生行矣世有未莅任而已受考成者實所創聞𥁞先生奇人故有此快事耳

紉針

虞小思東昌人居積爲業妻夏歸寧而返見門外一嫗偕少女哭甚哀夏詰之嫗揮涕相告乃知其男子王心齋亦宦裔也家衰落無衣食業浼中保貸富室黃氏金學作賈中途遭寇巨梃中顚喪貲幸不死至家黃責償計子母不下三十金實無可以準之黃窺其女紉針美將謀作妾使中保責告之如其肯可折債外仍以女金壓券王謀諸妻妻泣曰我雖貧固簪纓之胄彼以執鞭發跡何敢遂媵吾女且紉針固有壻耳汝烏得擅作主先是同邑傅孝廉之子與王投契生男阿卯於襁褓中論婚後孝廉官於閩年餘而卒妻子不能歸消息遂絕以是故紉針十五尚未字也妻言及此王無詞但謀所以爲計妻曰不得已其妾謀諸兩弟蓋妻范氏其祖曾

任京秩兩孫田產尚多也次日妻攜女歸告兩弟兩弟任其涕淚並無一詞爲之設處范乃號啼而歸適逢夏詰且述且哭夏憐之視其女綽約可愛益之哀楚因邀入其家欵以酒食慰之曰母子勿戚妾當竭力范未遑謝女亦哭伏在地益惋惜之籌思曰雖有薄蓄然三十金亦復大難當典質相付母子拜別夏以三日爲約別後百計營謀亦未敢告諸其夫三日未滿其數又使人假諸其母范母子已至因實告之又訂以次日抵暮假金至合裹並置牀頭至夜有盜穴壁以火入夏覺覗之見一人臂上懸短刀狀貌凶惡大懼不敢復作聲僞爲睡者盜近箱意將發扃回顧夏枕邊有裹物探身攫去就燈解視已乃入腰橐不復胠篋而去夏乃起呼家中惟一小婢隔牆告鄰鄰人集而盜已遠矣夏乃對燭啜泣亡何婢睡去夏引帶自經於櫺婢覺天已大曙始呼人解其懸四肢已冰虞知奔至詰婢始得其由驚涕營葬而已時方夏尸不僵亦不腐過七日乃殮之既葬紉針潛出哭於其墓暴雨忽集霹靂大作墓發女亦震死虞聞奔驗之則棺木已起妻呻嘶其中抱出之見女尸

不知其誰夏審視始解之方相駭怪未幾范至見女已死號曰固疑其在此今果然矣聞夫人自縊日夜不絕聲今夜語我欲哭於殯宮我未之應也夏感其義遂與夫言即以所葬材穴葬之范拜謝虞負妻歸范亦歸告其夫聞村北一人被雷擊死於途身有字云偷夏氏金賊俄聞鄰婦哭聲乃知死者即其夫馬大也村人白於官拘其婦械鞫之則范以夏氏之措金贖女對人感泣馬大賭博無賴聞之而盜心遂生也乃押婦搜贓則止存二十數又檢馬尸得四數官判賣婦償補責還虞夏

益喜全金悉仍付范俾償債主葬女三日夜大雷電以風墳復破女亦頓蘇不歸其家往扣夏氏之門蓋認其墓疑其復生也夏驚起隔扉問之女曰夫人果生也我紉針耳夏駭爲鬼呼鄰媼共詰之知其更生喜內入室女自言願從夫人服役不復歸矣夏曰得無謂我捐金爲買婢耶汝葬後債已代償可勿見猜女益感泣願以母事夏夏未諾女曰兒能操作亦不坐食天明告范范喜急至亦從女意即以屬夏范去夏强送女歸女啼思夏王心齋自負之來委諸門內而去夏見之驚問始知其

故遂亦安之虞至急下拜呼以父虞固無子女見女依
依憐人頗以爲懽女紡績縫紉勤勞臻至夏病幾殆女
晝夜給役見夏不食亦不食面上時有啼痕向人曰母
有萬分一我誓不復生夏少瘳始解顏爲笑夏愈聞之
流涕曰我四十無子但復生一女如紉針者足矣夏自
少不育踰歲忽舉一男人以爲行善之報居二年女益
長虞與王謀不能堅守舊盟王曰女在君家婚姻惟君
所命女十七慧美無雙此言出問名者趾錯於門夫妻
爲之簡對富室黃某亦遣媒來虞惡其富而不仁力卻

之爲擇於馮氏馮邑名士子亦慧而能文將告於王王
出負販未歸遂逕諾之黃以不得於虞亦托作賈跡王
所在設饌相邀更復助以貲本漸漬習洽因自道其子
慧以自媒王感其情又仰其富遂與訂盟既歸詣虞則
虞昨日方受馮氏壻書聞王言頗不悅呼女出告以情
女怫然曰債主吾讎也以我事讎但有一死王無顏託
人告黃以馮氏之盟黃怒曰女姓王不姓虞我約在先
彼約在後何得背盟遂投狀邑宰宰意以先約判歸黃
馮曰王某以女付虞固言婚嫁不復預聞且某有定婚

扳其餘莖嗅之有異香因內諸懷超乘復行馬騖駛絕馳頗覺快意竟不計算歸途縱馬所之忽見夕陽近山始將旋轡但望亂山叢沓並不知其何所一青衣人來見馬方噴嘶代爲捉銜曰天已近暮吾家主人便請宿止彭問此屬何地曰閬中也彭大駭蓋半日已千餘里矣因問主人伊誰曰到自知之又問何在曰咫尺耳遂代鞚疾行人馬若飛過一山頂見半山中屋宇重疊雜以屏幔遙睹衣冠一簇若有所伺彭至下馬相向拱敬俄主人出氣象剛猛巾服都異人世拱手向客曰今日

客莫遠於彭君因揖彭請先行彭謙謝不肯遽先主人捉臂行之彭覺捉處如被械梏痛欲折不敢復爭遂行下此者猶相推讓主人或推之或挽之客皆呻吟傾跌似不能堪一依主命而行登堂則陳設炫麗兩客一筵彭暗問接坐者主人何人荅云此桓侯也彭愕然不敢復咳合坐寂然酒既行桓侯曰歲歲叨擾親賓聊設薄酌盡此區區之意値遠客辱臨亦屬幸遇僕竊妄有干求如少存愛戀即亦不強彭起問何物曰尊乘已有仙骨非塵世所能驅策欲市馬相易如何彭曰敬以奉獻

不敢易也桓侯曰當報以良馬且將賜以萬金彭離席伏謝桓侯命人曳起之俄頃酒饌紛綸日落命燭衆起辭彭亦告別桓侯曰君遠來焉歸彭顧同席者曰已求此公作居停主人矣桓侯乃徧以巨觴酌客謂彭曰所懷香草鮮者可以成仙枯者可以點金草七莖得金一萬即命僮出方授彭彭又拜謝桓侯曰明日造市請於馬羣中任意擇其良者不必與之論價吾自給之又告衆曰遠客歸家可少助以資斧衆唯唯觴盡謝別而出途中始詰姓字同座者爲劉子翬同行二三里越嶺即

睹村舍衆客陪彭並至劉所始述其異先是村中歲歲賽社於桓侯之廟斬牲優戲以爲成規劉其首善者也三日前賽神方畢是午各家皆有一人邀請過山問之言殊恍惚但敦促甚急過山見亭舍相與駭異將至門使者始實告之衆亦不敢卻退使者曰姑集此邀一遠賓行至矣蓋即彭也衆述之驚怪其中被把握者皆患臂痛解衣燭之膚肉青黑彭自視亦然衆散劉即襆被供寢既明村中爭延客又伴彭入市相馬十餘日相數十匹苦無佳者彭亦拚苟就之又入市見一馬骨相似

佳騎試之神駿無比逕騎入村以待鬻者再往尋之其人已去遂別村人欲歸村人各餽金貲送歸馬一日約行五百里抵家述所自來人不之信囊中出蜀物始共怪之香草久枯恰得七莖遵方點化家以暴富遂敬詣故處獨祀桓侯之祠優戲三日而返

異史氏曰觀桓侯燕賓而後信武夷幔亭非誕也然主人肅客遂使蒙愛者幾欲折肱則當年之勇力可想

吳木欣言有李生者唇不掩其門齒露於外者盈指一日於某所宴集二客遜上下其爭甚苦一力挽使前一力卻向後力猛肘脫李適立其後肘過觸喙雙齒並墮血下如涌衆愕然其爭乃息此與桓侯之握臂折肱同一笑也

粉蝶

陽曰旦瓊州士人也偶自他郡歸泛舟於海遭颶風舟將覆忽飄一虛舟來急躍登之回視則同舟盡沒風逾狂暝然任其所吹亡何風定開眸忽見島嶼舍宇連亘把棹近岸直抵村門村中寂然行坐良久雞犬無聲見一門北向松竹掩靄時已初冬牆內不知何花蓓蕾滿

樹心愛悅之逡巡遂入遙聞琴聲步少停有婢自內出年十四五飄灑艷麗睹陽返身遽入俄聞琴聲歇一少年出訝問客所自來陽具告之轉詰邦族陽又告之少年喜曰我姻親也遂揖請入院院中精舍華好又聞琴聲既入舍則一少婦危坐朱絃方調年可十八九風采煥映見客入推琴欲逝少年止之曰勿遁此即卿家眷屬因代溯所由少婦曰是吾姪也因問其祖母尚健否父母年幾何矣陽曰父母四十餘都各無恙惟祖母六旬得疾沉痼一步履須人耳姪實不知姑係何房望祈

明告以便歸述少婦曰道途遼濶音問梗塞久矣歸時但告而父十姑問訊矣渠自知之陽問姑丈何族少年曰海嶼姓晏此名神仙島離瓊三千里僕流寓亦不久也十娘趨入使婢以酒食餉客鮮蔬香美亦不知其何名飯已因與瞻眺見園中桃李含苞頗以爲怪晏曰此處夏無大暑冬無大寒花無斷時陽喜曰此乃仙鄉歸告父母可以移家作鄰晏但微笑還齋炳燭見琴橫案上請一聆其雅操晏乃撫絃捻柱十娘自內出晏曰來來卿爲若姪鼓之十娘即坐問姪願何聞陽曰姪素未

讀琴操實無所顧十娘曰但隨意命題皆可成調陽笑曰海風引舟亦可作一調否十娘曰可即按絃挑動若有舊譜意調崩騰靜會之身似在舟中爲颶風之所擺簸陽驚歎欲絕問可學否十娘授琴試使勾撥曰可教也欲何學曰適所奏颶風操不知可得幾日學請先錄其曲吟誦之十娘曰此無文字我以意譜之耳乃別取一琴作勾剔之勢使陽傚之陽習至更餘音節粗合夫妻始別去陽目注心凝對燭自鼓久之頓然妙悟不覺起舞舉首忽見婢立燈下驚曰卿固猶未去耶婢笑曰

十姑命侍安寢掩戶移檠耳審顧之秋水澄澄意態媚絕陽心動微挑婢俯首含笑陽益惑之遽起挽頸婢曰勿爾夜已四漏主人將起彼此有心來宵未晚方狎抱間聞晏喚粉蝶婢作色曰殆矣急奔而去陽潛往聽之但聞晏曰我固謂婢子塵緣未滅汝必欲收錄之今如何矣宜鞭三百十娘曰此心一萌不可給使不如爲吾姪遣之陽甚慚懼反齋滅燭自寢天明有童子來侍盥沐不復見粉蝶矣心惴惴恐見譴逐俄晏與十娘並出似無所介於懷便考所業陽爲一奏十娘曰雖未入神

已得什九肄熟可以臻妙陽復求別傳晏教以天女謫降之曲指法拗折習之三日始能成聲晏曰梗概已盡此後但須熟耳嫺此兩曲琴中無梗調矣陽頗憶家告十娘曰姪居此蒙姑撫養甚樂顧家中懸念離家三千里何日可能還也十娘曰此即不難故舟尚在當助爾一帆風子無家室我已遣粉蝶矣乃贈以琴又授以藥曰歸醫祖母不惟卻病亦可延年遂送至海岸俾登舟陽覓檝十娘曰無須此物因解裙作帆爲之縈繫陽慮迷途十娘曰勿憂但聽帆漾耳繫已下舟陽淒然方欲

拜別而南風競起離岸已遠矣視舟中糗糒已具然止足供一日之餐心怨其吝腹餒不敢多食惟恐遽盡但啗胡餅一枚覺表裏甘芳餘六七枚珍而藏之即亦不復飢矣俄見夕陽欲下方悔來時未索膏燭瞬息遙見人煙細審則瓊州也喜極旋已近岸解裙裹餅而歸入門舉家驚喜蓋離家已十六年始知其遇仙覩祖母老病益憊出藥投之沉痾立除共怪問之因述所見祖母泫然曰是汝姑也初老夫人有少女名十娘生有仙姿許字晏氏壻十歲入山不返十娘待至二十餘忽無疾

自殂葬已三十餘年聞旦言共疑未死出其裙則猶在家所素著也餅分啖之一枚終日不飢而精神倍生老夫人命發塚驗視則空棺存焉旦初聘吳氏女未娶旦數年不返遂他適共信十娘言以俟粉蝶之至既而年餘無音始議他圖臨邑錢秀才有女名荷生豔名遠播年十六未嫁而三喪其壻遂媒定之涓吉成禮既入門光豔絕代旦視之則粉蝶也驚問曩事女茫乎不知蓋彼遂時卽降生之辰也每爲之鼓天女謫降之操輒支頤凝想若有所會

錦瑟

沂水王生少孤家淸貧然風標修潔灑然裙屐少年也富翁蘭氏見而悅之妻以女許爲起屋治產娶未幾而翁死妻兄弟鄙不齒數婦尤驕倨常庸奴其夫自享饈饌生至則脫粟瓢飲折稊爲匕置其前王悉隱忍之年十九往應童子科被黜自郡中歸婦適不在室釜中烹羊胛熟就啖之婦入不語移釜去生大慚抵箸地上曰所遭如此不如死婦恚問死期卽授索爲自經之具生忿投羹椀敗婦顙生含憤出自念良不如死遂懷帶入

深壑至叢樹下方擇枝繫帶忽見土崖間微露裙幅瞬息一婢出睹生急返如影就滅土壁亦無綻痕固知妖異然欲覓死故無畏怖釋帶坐覘之少間復露半面一窺即縮去念此鬼物從之必有死樂因抓石叩壁曰地如可入幸示一途我非求歡乃求死者久之無聲生又言之內云求死請姑退可以夜來音聲清銳細如游蜂生曰諾遂坐以待夕居亡何星宿已繁崖間忽成高第靜敞雙扉生拾級而入纔數武有橫流湧注氣類溫泉以手探之熱如沸湯亦不知其深幾許疑即鬼神示以

死所遂踴身入熱透重衣膚痛欲糜幸浮不沉泅沒良久熱漸可忍極力爬抓始登南岸一身幸不泡傷行次遙見夏屋中有燈火趨之有猛犬暴出齕衣敗襪摸石以投犬稍卻又有羣犬要吠皆大如犢危急間婢出叱退曰求死郎來耶吾家娘子憫君厄窮使妾送君入安樂窩從此無災矣挑燈導之啟後門黯然行去入一家明燭射窗曰君自入妾去矣生入室四瞻蓋已歸己家也反奔而出遇婦所役老媼曰終日相覓又焉往反曳入婦帕裹傷處下牀笑逆曰夫妻年餘狎謔顧不識耶

我知罪矣君受虛誚我被實傷怒亦可以少解乃於牀頭取巨金二錠置生懷曰以後衣食一惟君命可乎生不語拋金奪門而奔仍將入壑以叩高第之門既至野則婢行緩弱挑燈猶遙望之生急奔且呼燈乃止既至婢曰君又來負娘子苦心矣生曰我求死不謀與卿復求活娘子巨家地下亦應須人我願服役實不以有生爲樂婢曰樂死不如苦生君設想何左也吾家無他務惟淘河糞除飼犬負尸作不如程則刵耳劓鼻敲刖脛趾君能之乎荅云能之又入後門生問諸役何也適言

負尸何處得如許死人婢曰娘子慈悲設給孤園收養九幽橫死無歸之鬼鬼以千計日有死亡須負瘞之耳請一過觀之移時見一門署給孤園入見屋宇錯雜穢臭熏人園中鬼見燈羣集皆斷頭缺足不堪入目回首欲行見尸橫牆下近視之血肉狼籍曰半日未負已被狗咋即使生移去之生有難色婢曰君如不能請仍歸享安樂生不得已負置祕處乃求婢緩頰幸免尸汚婢諾行近一舍曰姑坐此妾入言之飼狗之役較輕當代圖之庶幾得當以報去少頃奔出曰來來娘子出矣生

從入見堂上籠燭四懸有女近後坐乃二十許天人也生伏階下女郎命曳起之曰此一儒生烏能飼犬可使居西堂主簿籍生喜伏謝女曰汝似樸誠可敬乃事如有舛錯罪責不輕也生唯唯婢導至西堂見棟壁清潔喜甚謝婢始問娘子官閥婢曰小字錦瑟東海薛侯女也妾名春燕旦夕所需幸相聞婢去旋以衣履衾褥來置牀上生喜得所黎旦早起視事錄鬼籍一門僕役盡來參謁餽酒送脯甚多生引嫌悉卻之日兩餐皆自內出娘子察其廉謹特賜儒巾鮮衣凡有賞賚皆遣春燕

婢頗風格既熟頻以眉目送情生斤斤自守不敢少致差跌但偽作騃鈍積二年餘賞給倍於常廩而生謹抑如故一夜方寢聞內第喊噪急起捉刀出見炬火光天入窺之則羣盜充庭厮僕駭竄一僕促與偕遁生不肯塗面束腰雜盜中呼曰勿驚薛娘子但當分括財物勿使遺漏時諸舍羣盜方搜錦瑟不得生知未爲所獲潛入第後獨覓之遇一伏嫗始知女與春燕皆越牆矣生亦過牆見主婢伏於暗陬曰此處烏可自匿女曰吾不能復行矣生棄刀負之奔二三里許汗流竟體始入深

谷釋肩令坐欻一虎來生大駭欲迎當之虎已銜女生急捉虎耳極力伸臂入虎口以代錦瑟虎怒釋女嚼生臂脆然有聲臂斷落地虎亦遝去女泣曰苦汝矣苦汝矣生忙遽未知痛楚但覺血溢如水使婢裂衿裹斷處女止之俯覓斷臂自爲續之乃裹之東方漸白始緩步歸登堂如墟天既明僕嫗始漸集女親詣西堂問生所苦解裹則臂骨已續又出藥糝其創始去由此益重生使一切享用悉與已等臂愈女置酒內室以勞之賜之坐三讓而後隅坐女舉爵如讓賓客久之曰妾身已附

君體意欲效楚畀我之於鍾建但無媒羞自薦耳生惶恐曰某受恩重殺身不足酬所爲非分懼遭雷殛不敢從命苟憐無室賜婢已過一日女長姊瑤臺至四十許佳人也至夕招生入瑤臺命坐曰我千里來爲妹主婚今夕可配君子生又起辭瑤臺遽命酒使兩人易琖生固辭瑤臺奪易之生乃伏地謝罪受飲之瑤臺出女曰實告君妾乃仙姬以罪被謫自願居地下收養冤魂以贖帝譴適遭天魔之刼遂與君有附體之緣遠邀大姊來固主婚嫁亦使代攝家政以便從君歸耳生起敬曰

地下最樂某家有悍婦且屋宇隘陋勢不能圓成委曲以謀其生女笑但言不妨既醉歸寢歡戀臻至過數日謂生曰冥會不可長請郎歸君幹理家事畢妾當自至以馬授生啟扉令出壁復合矣生騎馬入村村人盡駭至家門則高廬煥映矣先是生去妻召兩兄至將箠楚報之至暮不歸始去或於溝中得生履疑其已死既而年餘無耗有陝中賈某媒通蘭氏遂就生第與婦合半年中修建連亘賈出經商又買妾歸自此不安其室賈亦恆數月不歸生訊得其故怒繫馬而入見舊媼媼驚

伏地生叱罵久使導詣婦所尋之已遁既於舍後得之已自經死遂使人舁歸蘭氏呼妾出年十八九風致亦佳遂與寢處賈托村人求反其妾妾哀號不肯去生乃具狀將訟其霸產占妻之罪賈不敢復言收肆西去方疑錦瑟負約一夕正與妾飲則車馬叩門而女至矣女但畱春燕餘卽遣歸入室妾朝拜之女曰此有宜男相可以代妾苦矣郎賜以錦裳珠飾妾拜受立侍之女挽坐言笑甚懽久之曰我醉欲眠生亦解屨登牀妾始出入房則生臥榻上異而反窺之燭已滅矣生無夜不宿

妾室一夜妾起潛窺女所則生及女方共笑語大怪之急反告生則牀上無人矣天明陰告生生亦不自知但覺時留女所時寄妾宿耳生囑隱其異久之婢亦私生女若不知之婢忽臨蓐難產但呼娘子女入胎即下舉之男也為斷臍置婢懷笑曰婢子無復爾業多則割愛難也自此婢不復產妾出五男二女居三十年女時反其家往來皆以夜一日攜婢去不復來生年八十忽攜老僕夜去亦不返

房文淑

開封鄧成德游學至兗州界寓敗寺中傭為造齒籍者繕寫歲暮僚役各歸其家鄧獨爨廟中黎旦有少婦叩門而入艷絕至佛前焚香叩拜而去次日又如之至夜鄧起挑燈適有所作女至益早鄧曰來何早也女曰明則人雜故不如早太早又恐擾君清睡適望見燈光知君已起故至耳生戲曰寺中無人寄宿可免奔波女哂曰寺中無人君是鬼耶鄧見其可狎俟其拜畢曳坐求懽女曰佛前豈可作此身無片椽尚作妄想鄧固求不已女曰去此三十里某村有六七童子延師未就君往

訪李前川可以得之托言携有家室令別給一舍妾便爲君執炊此長久之計也鄧慮事發獲罪女曰無妨妾房氏小名文淑並無親屬恒終歲寄居舅家誰知之鄧喜既別女郎至某村謁見李前川其謀果遂約歲前郎携家至既反早旦告女女約候於途中鄧告別同黨借騎而去女果待於半途乃下騎以轡授女御之而行至齋所相得甚懽積六七年居然琴瑟並無追逋逃者女忽舉一子鄧以妻不育得之甚喜名之兗生女曰僞配終難作眞妾方將辭君而去又生此累人物何爲鄧曰

命好倘得餘錢擬與卿遁歸鄉里何出此言女曰多謝多謝我不能脅肩諂笑仰大婦顏睫爲人作乳媼呱呱者難堪也鄧代妻明不妒女亦不言月餘鄧解館謀與前川子同出經商告女曰我思先生設帳必無富有之理今學負販庶有歸時女亦不荅至夜女忽抱子起鄧問何作女曰妾欲去鄧急起追問之家門未啟而女已杳駭極始悟其非人也鄧以迹可疑故亦不敢告人托之歸寧而已初鄧離家與妻婁約年終必返既而數年無音傳其已死兄以其無子欲改醮之婁更以三年爲

期日惟塊然一室以紡績自力一日旣暮往扃外戶一
女子掩入懷中繃兒曰自母家歸適晩知姊獨居故求
寄宿耳婁內之至房中視之二十餘麗人喜與共榻因
弄其兒兒白如瓠歎曰未亡人遂無此物女曰我正嫌
其累人卽嗣爲姊後如何婁曰無論娘子不忍割愛卽
忍之妾亦無乳焉能活之也女曰此卽何難當生兒時
患無乳飮藥半劑而效今餘藥猶存卽以奉贈遂出一
裹置窗間婁漫應之未遽怪也旣寢醒而呼之則兒在
而女已啟關去矣駭極日向晨兒啼飢婁不得已餌其

藥移時湩流遂哺兒積年餘兒益豐肥漸學語言愛之
不啻己出由此再醮之志以絕但早起抱子不能操作
衣食益窘一日女忽至婁恐其索兒先問其不謀而去
之罪後敘其鞠養之苦女笑曰姊告訴艱難我遂置兒
不索耶遂招兒兒啼入婁懷女曰犢子不認其母矣此
百金不能易可將金來署立券保婁以爲眞顏作赧女
笑曰姊勿懼妾來正爲兒也別後慮無豢餋之資因多
方措十餘金乃出金授婁婁恐其過此以往索兒有詞
堅卻不受女置牀上出門逕去抱子出追其去已遠呼

之亦不顧猶疑其意惡然得金小權子母家以饒足又三年鄧以賈有嬴餘治裝歸方共慰藉睹問誰氏子妻告以故問何名曰渠母呼之寄生遂仍其舊鄧驚曰此眞吾子也問其時日卽夜到之日鄧乃歷述與房文淑合離之情益共欣慰冀女猶至而終渺矣

聊齋志異卷十二終